Fritz-Stefan Valtner

Mein Käfer und ich

Bibliografische Information der deutschen Nationalbibliothek:

Die deutsche Nationalbibliothek verzeichnet diese Publikation in der deutschen Nationalbibliothek detaillierte bibliografische Daten sind im Internet unter http;//dnb.dnb.de abrufbar.

Herstellung und Verlag:
BoD – Books on Demand, Norderstedt

ISBN: 9783759752208

Printed in Germany

Alle Ähnlichkeiten mit lebenden Personen sind rein zufällig!

Fritz-Stefan Valtner

Mein Käfer und ich

Vorwort

Warum habe ich dieses kleine Buch geschrieben?

Nun, es sollte eine kleine Erinnerung sein, an meinem ersten „mobilen Untersatz" sein, denn ich, wie so viele in jener Zeit, natürlich mit einem VW 1200, auch im Volksmund nur kurz „Käfer" genannt, gemacht haben.

Seit meiner Kommunion im Jahre 1963 begleitet mich ein Käfer als fahrbarer Untersatz. Eben in jenem Jahr kam unter erster, eigener Käfer in unserer Familie hinein.
Ende 1971 war ich dann auch soweit, um meinen Führerschein zu machen, da ich nun auch im Berufsleben stand und mein erstes Geld verdiente.

Aber lesen sie weiter, wie das Schicksal seinen Lauf nahm.

„Mein Käfer und ich"

Ja, dies waren damals noch Zeiten, als nach dem verlorenen Krieg unsere Wirtschaft sich langsam erholte und man im reinen Bürgertum sich einmal mit dem Gedanken befasste, sich ein Automobil zuzulegen.

Es gab zu dieser Zeit zwar schon zahlreiche Kleinwagen, wie zum Beispiel das Goggomobil oder den Lloyd 300/400 oder die Isetta, oder als Zwitter den Kabinenroller. Viele fuhren damals auch noch mit dem Fahrrad oder, wer es sich schon erlauben konnte, mit einem Moped zur Arbeit. Für viele war aber die tägliche Fahrt mit der Straßenbahn oder mit dem Bus zur Arbeit ein normales Ritual.

Aber mit der Zeit kamen größere Fahrzeuge auf den Markt und man strebte danach, sich auch ein Auto zuzulegen, um die neue Freiheit zu genießen. Aber ohne Auto war man halt abgeschnitten von der neuen Freiheit, zu reisen oder auch nur um Ausflüge zu machen.

Erst später kamen die ersten Autos für das breite Volk heraus.

Dies waren in der Regel Fahrzeuge von Volkswagen, hier der Käfer. Oder von Fiat der 500er. Schon Anfang der 60er Jahre kamen Marken auf den Markt, wie zum Beispiel Alfa Romeo, Aston Martin, BMW 2000, Ford Capri, Jaguar E-Type, Mercedes SL Pagode, NSU Ro 80 oder der Opel Kadett. Sowie der Renault R 4, der schon damals eine neue Richtung vorgab.

Für die breite Masse war aber der „Käfer" das Auto, wo nach man strebte. Er war sparsam, robust und war erschwinglich.

So kam auch zu uns eben jener Käfer, der uns viele Jahre begleitete. Zunächst fuhren meine Eltern ihn. Er kam 1963 als 1200er Käfer zu uns. Die Ausführung nannte sich „Export".

Mein Vater fuhr ihn von 1963 bis 1972.

Danach war ich dann soweit und durfte ihn nach meiner bestandenen Fahrprüfung im Frühjahr 1972 übernehmen. Da hatte er zwar schon 115.000 Km auf dem Tacho, was schon damals eine mehr als beachtliche Leistung war.

Ich war selig, mit einem solchen Auto zu fahren.

Er fuhr mich weitere 7 Jahre treu und brav durch den Alltag und hatte am Ende stolze 183.000 km auf dem Tacho.

Wenn man sich heute einen solchen Käfer anschaut, dann kommt sofort die Frage auf:

„Wie konntet ihr mit solch einem Auto überhaupt fahren?" "

Die natürliche Antwort darauf:

„Wir konnten!"

„Aber wir waren auch stolz auf so ein Auto, das uns die persönliche Freiheit bescherte, überall hinzufahren, ohne auf öffentliche Verkehrsmittel zurückzugreifen, die ja schon damals voll waren, teuer waren und nicht überall vorhanden waren."

Meine Liebe zu dem Auto begann schon 1963, wie man dies schon auf dem Bild sehen kann.

Kurz für unserer Kommunion 1963 kam er zu uns und begleitete uns auf vielen Fahrten am Wochenende in die nähere Umgebung.

Im Jahre 1963

Es war Liebe und Traum auf den ersten Blick, der sich Jahre später endlich erfüllte und ich mich als stolzer Besitzer eines Käfers erfreuen konnte.

Damals im Jahre 1972 überlegte mein Vater, ob er sich nicht einen neuen Käfer zulegen sollte, da ja sein bisheriges Gefährt doch schon in die Jahre gekommen war. Er liebäugelte mit der neuen Generation des Käfers, der 1302-Serie. Sie war stärker und größer geworden und hatte nun einen 50 PS-Motor, was ihn natürlich noch besser im damaligen Verkehr mitschwimmen ließ.

Mein Vater überlegte etwas, dann kaufte er seinen neuen Käfer, einen aus der 1302-Serie, bekam ihn zu einem erstaunlich sehr günstigen Preis und meinte dann:

„Möchtest du den alten Käfer haben?"

Dies brauchte er mir nicht zweimal sagen.

Ich war froh und nahm ihm mit Freuden.

Der Käfer war einfach klassenlos und jeder konnte ihn fahren.

Gleichzeitig war er ein treuer Begleiter auf vielen Wegen. Natürlich war eine vernünftige Pflege und Wartung die Voraussetzung für ein problemloses Fahren.

Wenn man sich heute den Käfer anschaut, entdeckt man viele kleine Details, die schon damals das Leben erleichterten.

Machen wir doch einmal einen Rundgang um den Käfer, der übrigens seinen Namen wirklich zurecht trägt.

Vor uns steht ein 1200er Käfer mit der Zusatzbezeichnung Export.

Dieser Wagen hat 34 PS, oder es ist mit der heutigen Bezeichnung zu sagen: Er hat 25 KW. Seine Höchstgeschwindigkeit lag bei 115 Km/h. Sein Motor fuhr mit Benzin und war luftgekühlt.

Aber lassen Sie uns vorne beginnen. Die Vorderfront wird von einer stark nach vorne sich verjüngende Klappe dominiert.

Links und rechts davon sehen wir zwei Kotflügel, die mit einer runden Lampe versehen sind. Oben auf dem Kotflügel befindet sich die Blinkerlampe.

Die Klappe ist versehen mit einer Chromleiste, die sich vom unteren Griff bis fast vor die steil stehende Scheibe zieht. Oben findet man das Logo der Volkswagen AG, während man vor dem Griff das Wappen der Stadt Wolfsburg platziert hat.

Wenn man einen Blick auf die Stoßstange wirft, die damals noch verchromt war, fällt einem sofort auf, dass diese Stoßstange noch weitere Rammbügel hatte. Die wurden für den amerikanischen Markt benötigt.

Daher auch die Bezeichnung: Export

Geht man weiter um den Wagen herum, dann bemerkt man zwei Türen, deren Seitenscheiben unterteilt waren.

Im vorderen Teil der Seitenscheibe gab es ein kleines Dreiecksfenster, welches sich mit einem Drehverschluss aufstellen ließ, um den Fahrtwind in die Fahrgastzelle zu lassen, was im Sommer eine leichte Abkühlung brachte.

An jenem Fahrzeug gab es aber noch eine weitere Lüftungsmöglichkeit.

Unser Fahrzeug hatte hintere Ausstellfenster, die man mittels eines Klemmverschlusses ausstellen konnte. Gehen wir weiter um das Fahrzeug herum. Die Rückscheibe wurde mit der Zeit erheblich größer, was den Blick nach hinten auf das Geschehen erweiterte. Unterhalb dieser Scheibe findet man die Lüftungsschlitze des luftgekühlten Boxermotors, der hinter der kleinen Klappe liegt und die hintere Achse antreibt.

Ferner fallen hinten die größeren Rücklichter auf, die ebenfalls auf Kotflügel sitzen und an Größe gewonnen haben.

Über das Nummernschild, welches auf der Klappe sitzt, hier wird eine nasenähnliche Ausbeulung mit einer Lichtquelle ausgestattet, die das Nummernschild in der Dunkelheit beleuchten soll.

Die rückwärtige Stoßstange weist ebenfalls zusätzliche RAMMschutzteile auf!

Wenden wir uns mal dem Innenraum zu. Nach Öffnen der linken Tür fallen uns die leicht geformten Sitze auf. Kopfstützen gab es zu dieser Zeit noch nicht. Ebenso fehlen hier noch die heutigen, notwendigen Sicherheitsgurte. Wenn man die Sitzlehnen nach vorne klappt, erreicht man die hintere Sitzbank.

Nimmt man vorne auf dem Fahrersitz Platz, dann fällt einem sofort das spartanisch wirkende Cockpit auf. Wir schauen auf ein Blech, welches in der Wagenfarbe lackiert ist. Unser Blick bleibt haften an dem runden Tachometer, das bis 140 reicht. Neben dem Tacho findet man die Tankanzeige.

Daneben fand man meist in einem Fach ein Radio der Marke Blaupunkt. Drüber fand man zwei Knöpfe, die für das Licht und den Scheibenwischer zuständig waren. Im rechten Bereich des Cockpits war das Handschuhfach untergebracht. Darüber war noch ein Haltegriff montiert.

Für die hinteren Mitfahrer gab es an der Mittelsäule noch zwei Griffschlaufen, die das Aussteigen erleichtern sollten. In der Dachmitte gab es noch eine Leuchte, die beim Öffnen der Türe anging.

Sie konnte auch umgestellt werden auf Dauerleuchten.

In der linken Tür gab es noch eine in Falten gelegte Tasche, die zusätzlich noch mit einem Gummizug versehen war. Hier konnte man als Fahrer Kleinigkeiten wie Karten, Schreibzeug oder seine Zigaretten und Streichhölzer unterbringen.

Markant war im Innenraum der Mitteltunnel, der sich von vorne nach hinten durchzog und so eine Trennung der Sitzbereiche vorgab. Im vorderen Bereich saß auf diesem Mitteltunnel die Vier-Gang-Knüppel-Schaltung.

Oberhalb der Scheibe gab es noch zwei Sonnenschutzblenden und einen Rückspiegel. Links gab es noch einen mechanisch verstellbaren Außenspiegel.

Damit war der Innenraum eigentlich ausreichend beschrieben. Etwas habe ich noch vergessen, was man nicht unterschlagen darf:

Zum einen die berühmte, kleine Blumenvase, die meist mit einer Plastikblume versehen war und mittels eines Saugnapfes auf dem Blech befestigt wurde.

Zum zweiten gab es hinter der rückwärtigen Sitzbank noch einen länglichen Stauraum, der so breit war wie die Sitzbank selbst und eine Tiefe von rund 50–60 cm hatte sowie eine Höhe von rund 70–80 cm hatte.

Hier konnte man einiges an Gepäck unterbringen!

Die Batterie saß geschützt unter der linken Seite der Rückbank. Auf der rechten Seite gab es unter dieser Bank noch einen kleinen Stauraum.

Eine weitere Möglichkeit, um das Gepäck unterzubringen, war vorne unter der Haube. Hier lag auch der Tank, der durch einen Stutzen, der ebenfalls unter der Haube lag, betankt wurde. Im vorderen Bereich stand in einer Mulde das Reserverad. Dahinter war auch die Waschanlage für die Scheiben untergebracht.

Durch geschicktes Packen sind wir mit vier Personen und Gepäck in einen dreiwöchigen Urlaub gefahren!

Die Seitenscheiben konnten per Kurbel herunter- und heraufgedreht werden.

Alles, was man brauchte, um von A nach B zu kommen, hatte dieser Wagen, und wir waren froh, ein solches Auto zu fahren.

Da sehnt man sich manchmal wieder zurück in jene alten Zeiten, wo man sich mehr auf das Fahren konzentrieren musste, als sich von Blinkblink-Lampen leiten zu lassen. Heute kommt man ohne diese vielen Assistenzhelfer nicht mehr aus.

Ja, man braucht heute schon das Navigationsgerät, um zur Arbeit zu kommen, obwohl man den Weg jeden Tag fährt. Oder man muss gesagt bekommen, dass man an das Tanken denken soll oder dass ein Service ansteht.

Mittlerweile übernehmen diese Systeme auch das sichere Bremsen oder regeln die Geschwindigkeit. Es geht schon soweit, dass man völlig autonom fahren kann.

Wenn dies so weitergeht, dann kann man sich ja auch die Führerscheinprüfung sparen.

Damit wird das Mitdenken im Verkehr überflüssig und aufgegeben!

Zunächst fuhr mein Vater mit dem Wagen täglich zur Arbeit. Sonntag ging es dann meist in die nähere Umgebung, um mal aus der Stadt herauszukommen.

So ging es zu zahlreichen Talsperren, Zoos und anderen Sehenswürdigkeiten. Somit kamen wir in jungen Jahren doch recht in unserer Umgebung herum, was ohne ein Auto nicht möglich gewesen wäre.

Diese kleinen Fahrten waren für uns Kinder immer ein Highlight am Wochenende.

Heimbach im Frühjahr

Oder:

Am Zoo in Wuppertal

Nachdem ich im Jahre 1972 meinen Führerschein hatte, bekam ich von meinem Vater unser altes Auto geschenkt, damit ich mobil sein konnte und damit zur Arbeit fahren konnte.

Mein Vater hatte sich einen neuen Käfer zugelegt, einen 1302 mit damals heißen 50 PS. Ich war mehr als zufrieden mit meinen 34 PS, die nun **mein** Käfer hatte.

Meine erste Maßnahme war, die mittlerweile notwendigen Sicherheitsgurte zu montieren. Ich wählte dafür eine Ausführung von Gurten, die sich selbst wieder in die ursprüngliche Form zurücklegten. Eine erste Form der Automatikgurte.

Eine zweite Veränderung war die „Montage" von auf den Vordersitzen aufzusteckenden Kopfstützen.

Auch ein Verbandskasten und ein Dreieck waren nun mit an Bord.

Aber etwas fehlte noch.

Im Zubehörhandel gab es für die Mittelkonsole einen Aufsatz, wo man weitere Utensilien unterbringen konnte. Ich brachte hier, weil das „Armaturenbrett" dies nicht hergab, eine Uhr mit einem blauen Zifferblatt, passend zur Wagenfarbe, an. Somit bekam jetzt mein Wagen eine persönliche Note.

Ein weiteres Utensil, was mich danach in allen meinen Autos begleitet hatte, war ein sogenannter „Panoramaspiegel", der die Sichtfläche nach hinten erheblich vergrößerte. Damit konnte der „tote Winkel" stark eingeschränkt werden, was vor allem in der Stadt sehr hilfreich war.

Aber damit war ich noch nicht fertig. Die alten Radialreifen ersetzte ich durch neue Gürtelreifen von Michelin, die das Fahrverhalten deutlich verbesserten.

Auch mein Ablauf am Wochenende änderte sich dadurch enorm. Am Samstagmorgen stand nun die Wagenpflege an. Der Wagen wurde gründlich gereinigt, womit ich in unserer Siedlung nicht alleine war, da hier jeder seinen Wagen reinigte.

Man fing außen an und arbeitete sich dann weiter bis in den Innenraum hinein. Da wurden die Scheiben gründlich gereinigt, die Teppiche bzw. die Matten ausgeschlagen und abgesaugt. Ich hatte für die Sitze mir einen Schonbezug zugelegt, um die alten Polster auch weiterhin zu schützen. Auch die kamen zu bestimmten Zeiten in den Reinigungswahn hinein. Außen wurde natürlich mit Schaum und Wachs gearbeitet, was eine Zeit lang dauerte.

So ging der Vormittag mit der Reinigung des Wagens völlig drauf.

Natürlich wurden auch kleinere Reparaturen durchgeführt, wie Kerzen wechseln, Abschmieren an der Vorderachse, Luftfilter reinigen, Leerlauf regeln oder im Herbst von Sommerreifen auf Winterreifen wechseln.

Reparaturen oder teure Werkstattbesuche konnte man sich nicht leisten. Also wurden diese kleinen Arbeiten selbst erledigt.

Wenn der TÜV-Termin nahte, dann wurde es notwendig, den Wagen in eine Werkstatt zu bringen, die auch gleichzeitig die TÜV-Prüfung vornahm. Somit sparte man weitere TÜV-Vorführungen. Ansonsten war man froh, wenn der Wagen lief, getreu dem Werbespruch von damals:

„Er läuft und läuft… und läuft."

Waren die Pflegemaßnahmen erledigt, kam der schönste Teil des Tages dran, nämlich die Ausfahrt mit dem frisch gewaschenen und polierten Auto.

Ich habe jene Fahrten immer sehr genossen, denn dadurch habe ich gelernt, meinen Wagen zu beherrschen und ihn so zu fahren, dass er immer sparsamer wurde, und habe mir einen Spaß daraus gemacht, immer die gleiche Strecke zu fahren, um den Verbrauch zu minimieren. So war ich oft am Linken Niederrhein unterwegs und habe dabei zahlreiche tolle Ecken entdeckt. Bei meinen Fahrten am Samstagnachmittag, an denen ich ja frei hatte, da ich erst am Sonntagmorgen Fußball spielen musste, konnte ich bei meinen Fahrten die Spiele der Ersten Bundesliga im Radio verfolgen, bei Sport und Musik.

So konnte ich das Angenehme mit dem Nützlichen verbinden.

Bei den Fahrten am linken Niederrhein stellte ich vor allem im Sommer fest, dass sich auf der Motorhaube viele Insekten verewigten und nur schwer wieder zu entfernen waren.

Was sollte man hier tun?

Wieder war der Zubehörhandel ein Helfer in der Not. Er hatte für den Käfer eine Schutzmatte im Programm, die man auf der Haube befestigen konnte und so jene Front vor den Insekten schützen konnte. Also bekam mein Käfer auch dieses Utensil noch mit auf unserem gemeinsamen Weg.

Somit war die Front gut geschützt.

Mit der Zeit wurden wir immer besser, was mir auch beim Parken an der Firma in der Innenstadt zugutekam.

Hier musste man meist auf einen abgesengten Bereich des Bürgersteigs fahren, um von dort in eine Parklücke zu kommen, da die Bordsteinkante einfach zu hoch war. Da musste man auf Millimeter fahren.

Jetzt war der Käfer ja nicht gerade ein Ausbund an Übersichtlichkeit, aber mit der Zeit lernte man, ihn genau zu kennen. So konnte ich ihn auf den Millimeter einparken. Man hätte seine Hand zwischen zwei Stoßstangen halten können und die Hand wäre heil geblieben.

Früher machte man dies mit Gefühl.

Heute braucht man dafür eine Rückfahrkamera oder einen Piepser, der einen mit einem lauten Ton warnt, dass das Hindernis näherkommt.

Aber trotzdem kommt es immer wieder zu Beschädigungen, trotz dieser Hilfsmittel.

Warum eigentlich?

Verlassen wir uns mittlerweile zu sehr auf die Technik?

Wir brauchen Bremsassistenten, wir brauchen Spurhaltesysteme, wir brauchen Sensoren, die uns erinnern, dass wir müde sind. Wir brauchen Systeme, die uns vor zu geringen Abständen warnen, die unser Tempo regulieren. So etwas gab es damals nicht und trotzdem sind wir in ganz Europa unterwegs gewesen.

Wir waren damals froh, einen fahrbaren Untersatz zu haben, der uns überall hinbrachte.

Aber wie das Leben so spielt, werden die Ansprüche immer höher, und wo sind wir heute gelandet?

Bei Autos, die ein Mehrfaches an Leistung haben, die größer und stärker geworden sind, die ein Mehrfaches an Sprit verbrauchen und die von vielen nicht mehr beherrscht werden können.

Jetzt will man umsteigen auf E-Mobilität, obwohl es die notwendigen Voraussetzungen dafür an vielen Orten noch nicht gibt.

Trotzdem schlagen wir wieder einen Weg ein, der uns dazu verleitet, immer dem Motto folgend:

„Größer, stärker und weiter."

Da muss man sich leider auch die Frage stellen:

Wohin soll dies noch alles führen, wenn E-Autos mit 500 PS und mehr aufwarten und eine Beschleunigung von 0 auf 100 km in 3-4 Sek. bewältigen?

Bei unserem Stadtverkehr?

Oder auf der Autobahn?

Mit Tempo 100 oder 120 sind wir damals auch überall hingekommen.

Warum heute nicht?

Wir wollen unsere Autobahnen nicht weiter ausbauen, unser Zugnetz kommt auch nicht von dieser Stelle, und der Flugverkehr?

Wir wollen alles so lassen wie es jetzt ist, aber auf der anderen Seite soll und muss alles viel schneller gehen und werden.

Da widersprechen wir uns doch selber? Oder?

Aus heutiger Sicht und dem scheinbaren Klimawandel müsste der gesamte Flugverkehr sofort stillgelegt werden.

Alle reden vom Klimaschutz, aber da will man nicht ran!

Wie war das?

Wasser predigen, aber selber Wein trinken!

Dies war mal nur ein kleiner Schwenk in die heutige Zeit hinein, nun aber zurück zu unserem alten Käfer, der uns geprägt hat.

Einen Käfer zu fahren war damals eine Glaubensfrage sowie das Fahren mit einer „Ente" oder einem „R 4". Jedes dieser Autos hatte seine Klientel und auch seine Vorteile. Die Einen wollten eine Zuverlässigkeit haben, die anderen wollten protestieren gegen das Etablissement und die Dritten wollten ein Auto haben, das flexibel war.

Für mich war der Käfer **das Auto** schlechthin.

Er war solide, zuverlässig, hatte Platz für vier Personen und zwei Stellen für das Gepäck.

Die Leistung reichte aus, um von A nach B zu kommen. Die Kosten hielten sich in Grenzen. Selbst im Winter war er super! Man kam mit ihm überall durch.

In meiner Zeit, in der ich diesen Käfer fuhr, konnte ich mit ihm auch zahlreiche weite Reisen machen. In dieser Zeit habe ich seine Zuverlässigkeit schätzen gelernt, auf den täglichen Fahrten zur Arbeit hin oder auf den Fahrten, die mich auf meinen Fahrten durch halb Deutschland führten. Über einige dieser Fahrten werde ich nun etwas erzählen.

Eine der ersten weiten Fahrten war eine Fahrt in den Urlaub, die mich in den Harz führte. Meine Eltern fuhren mit Ihrem neuen VW Käfer 1302 vorne weg, während ich ihnen folgte.

Mein Käfer machte alles mit und wir kamen ganz entspannt an unserem Urlaubsziel an. Unser Domizil lag in Altenau, welches in einem Tal lag.

Blick von Torfhaus aus

Der Ort Torfhaus lag hier rund 400 m höher.

Im Harz lernte ich auch das Fahren in den Bergen und auf engen Straßen, die oft in Serpentinen geführt wurden. Eine Fahrt blieb mir bis heute in Erinnerung.

Ich beschloss, an einem dieser Urlaubstage nach Torfhaus zu fahren. In Altenau herrschte an diesem Tag dichter Nebel und meine Eltern beschlossen, an dem Tag im Ort zu bleiben. Mich zog es aber hinaus. Als ich den Ort verließ, herrschte starker Nebel. Da ich die Strecke nur auf dem Papier kannte, blieb ich hinter einem Bus, der ebenfalls nach Torfhaus fuhr. Ich dachte bei mir, wenn er diese Fahrt öfter machte, dann sollte er sich ja mit der Strecke auskennen. Also blieb ich brav hinter ihm. Zwei nachfolgende Fahrer, die es sehr eilig hatten, versuchten, uns zu überholen, was aber in meinen Augen schon recht riskant war, wenn nicht gar mehr als gefährlich war.

Beide fanden wir später in einem Graben wieder. Der Bus und ich kamen gut oben auf dem Torfhaus an und hatten einen fantastischen Ausblick in die Ferne, während die Täler in einem Nebelbad verschwanden.

So verbrachte ich einen super Tag oben auf dem Torfhaus mit viel Sonne und der Erkenntnis, dass Eile nicht immer zum Ziel führt. Selbst den Blick auf den Brocken, der mit 1141 m der höchste Berg im Harz war, konnte man sehen. Aber leider konnte man den Brocken nur sehen und nicht hinfahren, was ich gerne getan hätte.

Erst am späten Nachmittag kam ich wieder zurück. Während ich meinen Eltern erzählte, welch tollen Tag ich dort oben hatte, konnten meine Eltern nur noch den Kopf schütteln, weil es bei ihnen unten im Tal dunkel, nebelig und diesig war.

Erst spätere Bilder konnten meine Erzählungen bestätigen.

Leider konnte ich zur damaligen Zeit nicht den höchsten Berg im Harz anfahren, da dieser noch zum Staatsgebiet der damaligen DDR gehörte. Nur aus der Ferne konnte man einen Blick darauf werfen. Erst in den späten 90er Jahren war es mir und meiner Frau möglich, bei einem kleinen Urlaub auch den Brocken aufzusuchen.

Bei dieser Reise besuchte ich auch die kleinen Städte wie Clausthal-Zellerfeld, St. Andreasberg und auch Braunlage.

Zwei Jahre später gab es eine weitere Fahrt mit meinem Käfer zu einem Urlaub in einem kleinen Ort nahe dem Selenter See.

Von dort konnte ich zahlreiche Touren mit meinem Käfer machen.

In dieser Zeit, wir verbrachten dort unseren Jahresurlaub von drei Wochen, fuhr ich rund 5000 Kilometer in dieser Ecke umher und lernte eine Menge interessante Ecken kennen. Fast wäre ich dort oben geblieben, da ich ein Angebot von einer Firma bekam, die auch gleichzeitig eine Tankstelle betrieb, wo ich öfter tankte und mit dem Inhaber ins Gespräch kam. Als er erfuhr, dass ich aus dem Glasbereich kam, sah er die Möglichkeit für mich, in seinem Betrieb, der Gewächshäuser baut, einzusteigen.

Aber ich fühlte mich doch noch mehr an meine damalige Heimat gebunden.

Heute lebe ich im Norden.

Wer weiß, was heute aus mir geworden wäre, wenn ich damals das Angebot angenommen hätte?

So habe ich aber lieber die Möglichkeit genutzt, um mir Land und Leute anzuschauen.

Meine zahlreichen Touren führten mich u. a. nach:

Meine erste Tour führte mich natürlich erst einmal um den See, um nach guten Bademöglichkeiten Ausschau zu halten, da wir einen Sommer erwischt hatten, wo es besser war, sich an ein kühles Plätzchen an einem See zu legen, als mit dem Auto durch die Lande zu fahren.

Aber die Neugierde war halt größer.

Da Malente ja nicht weit entfernt ist, musste man halt dort hin, da zu dieser Zeit die WM '74 stattfand und sich die Deutsche Nationalmannschaft in der Sportschule Malente aufhielt, vor allem nach der überraschenden 0:1 Niederlage gegen den „Klassenfeind" aus dem Osten.

Sie beschworen dort den „Geist von Malente", was ja scheinbar auch wirkte, denn unsere Mannschaft kam bis ins Finale und besiegte dort die Mannschaft der Niederlande mit den Topspielern Johann Cruuft, Johan Neeskens und Arie Haan mit 2:1 durch die Tore von Paul Breitner und Gerd Müller.

Damit wurde Deutschland zum 2. Mal Fußballweltmeister!

Zu unserem Glück hatte unser Feriendomizil einen kleinen Fernseher, mit dem wir den Weg der deutschen Mannschaft verfolgen konnten.

Aber in Malente gab es noch eine Besonderheit, die man aus dem Fernsehen kannte, nämlich das Gut „Immenhof".

Hier wurden zahlreiche Filme gedreht, wie

„Ferien auf Immenhof",

„Frühling auf Immenhof",

„Hochzeit auf Immenhof",

die „Mädels vom Immenhof"

und die „Zwillinge vom Immenhof".

Aber auch die Kleinstädte wie Eutin, Grömitz und Sierkdorf waren eine Tour wert. Natürlich auch die Seestädte wie Kiel und Laboe durften nicht fehlen. Erst in den Jahren 2014 und 2016 führte mich mein Weg mal wieder nach Kiel, um von dort aus mit meiner Frau Manuela mit der Fähre nach Oslo zu reisen!

Eine besondere Fahrt war für mich damals eine Tour zur Ostseeinsel Fehmarn. Sie galt schon damals als die Sonnenreichste Insel der Nord- und Ostsee!

Sie führte mich von Selent über die B 202 am Selenter See vorbei in Richtung Lütjenburg. Dann ging es weiter, nahe am Sehlendorfer Strand vorbei, der schon zur Ostsee zählt.

Ferner ging es weiter bis zum Autobahndreieck „Oldenburg in Holstein". Dort wechselte man auf die Bundesautobahn 1 in Richtung Fehmarn.

Die BAB 1 wurde auch als E 47 bezeichnet.

Auf dieser Autobahn ging an Heiligenhafen und dem Großenbrode Weststrand vorbei zur Fehmarnsundbrücke.

Diese Brücke ist eine Stahlbrücke mit zwei Bögen und rund 963 m lang und verbindet das Festland mit der Insel Fehmarn. Sie ist eine Kombination aus Straße und Bahn.

Bleibt man weiter auf dieser Schnellstrecke, so erreicht man den Ort Puttgarden, wo auch der Fährhafen liegt und eine Überfahrt nach Dänemark und Rdbyhavn ermöglicht.

Rechts neben dem Ort Puttgarden liegt das Leuchtfeuer „Marienleuchte".

Geht man von Puttgarden nach links, den Strand entlang, so erreicht man das Niobe-Denkmal.

Hier gedenkt man an die Besatzung des Segelschulschiffes „Niobe", das am 26.07.1932 8 km nordwestlich von Fehmarn sank. Von den 109 Besatzungsmitgliedern kamen 69 ums Leben.

Folgt man den Küstenstreifen weiter, so kommt man in das Naturschutzgebiet Westermarkeldorfer Huk hinein, wo es auch eine Aussichtsplattform und einen Leuchtturm zu Westermarkelsdorf gibt. Im südlichen Bereich der Insel gibt es noch das Naturschutzgebiet Wallnau, wo damals einer der schönsten Strände liegen sollte.

Die größte Ortschaft auf der Insel war Burg.

Die Insel Fehmarn war immer einen Besuch wert.

Aber auch die Gegend um Malente herum war von der Natur mit vielen Seen reich beschenkt worden.

Da gab es zum Beispiel den Kellersee, den Behlersee, den Dieksee, den Suhrersee, den Großen Eutinersee und den Großen Plönersee.

Ich habe diese Zeit sehr genossen – natürlich mit meinem Käfer.

Aber wie so oft geht auch diese schöne Zeit einmal zu Ende, und der Alltag rief uns wieder.

So wie das Leben spielt, man wird älter und die ersten Wehwehchen überfallen einen. Dies ist bei einem Auto auch nicht anders als bei uns Menschen.

Trotz aller gründlichen Pflege gibt es leider auch Stellen bei einem Auto, die mehr als gefährdet sind.

Hier haben die Konstrukteure nicht sauber gearbeitet bzw. nachgedacht. So musste das kommen, was jeder Autobesitzer fürchtet, wenn sein fahrbarer Untersatz nur einen Laternenparkplatz hat: nämlich der Rostfraß, der sich langsam aber sicher durch das Blech arbeitet!

Ich hatte meinen Wagen für den TÜV vorbereitet, ihn gründlich gesäubert, zur Inspektion gebracht, neue Reifen aufziehen lassen und ihn durch die Werkstatt zum TÜV bringen lassen.

Voller Erwartung auf die neue Plakette bin ich dann zur Werkstatt gegangen, die nicht weit von uns lag. Mit einer gewissen Vorfreude und in der berechtigten Hoffnung, meinen alten Käfer noch zwei Jahre fahren zu können, betrat ich die Werkstatt.

Als ich jedoch den Werkstattleiter sah und dessen Gesicht, verhieß dies nichts Gutes. Die Plakette bekam mein Käfer nicht, weil der rechte und auch der linke Schweller durch Rostfraß stark in Mitleidenschaft gezogen wurden. Eine umfassende Sanierung wäre hier sehr aufwendig geworden und hätte ein tiefes Loch in meinen Ersparnissen gerissen.

Jetzt war Guter Rat teuer.

Was sollte man tun?

Sollte man sich selbst an die Reparatur machen oder doch lieber durch einen Bekannten, der etwas Ahnung vom Schweißen hatte?

Alle Spachtelarbeiten und Lackierungsarbeiten hätte ich ja selbst machen können.

Aber damit hatte ich das Problem noch nicht gelöst, da ich meinen heiß geliebten Käfer ja für den täglichen Weg zur Arbeit brauchte.

Ich dachte ein paar Tage nach und hatte für den Übergang eine Lösung gefunden.

In einer Fachzeitschrift las ich von einem Kleber, der auch einen Schweller wieder zu einer höheren Stabilität führen konnte, als dies je Schweißarbeiten ausrichten konnten. Allerdings kam dieses Wundermittel aus England.

Ich dachte mir:

„Was soll es?"

Ein Versuch könnte nicht schaden.

Also wurde dieses Mittel in England bestellt.

Aber damit kam ein weiteres Problem auf mich zu?

In der Zwischenzeit hatte man mich in die Betriebsleitung unseres Fertigungswerkes berufen. Dazu musste ich allerdings einen längeren Weg zur Arbeit in Kauf nehmen.

Immerhin rund 30 KM mehr an einem Tag!

Ohne ein Auto war man da völlig aufgeschmissen.

Ich schaute mich bei verschiedenen Händlern um und fand für kleines Geld einen fahrbaren Untersatz.

Ich fand einen schon etwas in die Jahre gekommenen Audi S 90. Aber für die Zeit, wo mein Käfer in einem provisorischen Unterstand stand und bis er wieder hergerichtet ist, war dies die beste Lösung. Immerhin war dieser Audi sehr gut motorisiert und konnte manchen BMW in die Knie zwingen.

Es war aber auch ein gewaltiger Unterschied! 34 PS zu 90 PS!

Gut, da ein Teil meiner Fahrt über die Autobahn zur Arbeit führte, sparte ich etwas an Zeit ein, da ich eine schnellere Gangart einlegen konnte.

Mit meinem alten Käfer fuhr ich deutlich entspannter!

Audi S 90

Baujahr 1967

gekauft bei KM- Stand 90.000 im

Jahr 1975

 90 PS

165 km/h

Diesen Wagen fuhr ich bis 1977 und
gab ihn mit rund 130.000 KM wieder
ab.

In der Zwischenzeit nahm ich mir meinen Käfer vor. Die Stellen, die der TÜV bemängelte und die er mit einem Schraubenzieher durchstoßen hatte, wurden säuberlich gereinigt und dann geschliffen.

Das sogenannte „Wundermittel" war eine Flüssigkeit, die in einer Dose eingelagert war. Aber wie bekam man die Masse nun in den „Schweller" hinein? Zwei Tage habe ich darüber nachgedacht, bis ich eine akzeptable Lösung gefunden hatte.

Durch ein Loch, welches neu gebohrt werden musste, sowie einen Schlauch mit einem Trichter konnte ich die Masse in den Schweller laufen lassen. Dann hieß es warten, bis er völlig durchhärtet war, was bei der Menge rund drei Tage dauerte.

Danach standen umfangreiche Lackierungsarbeiten an.

Da ich einmal dran war, wurde auch der Unterboden mit einer Schutzmasse versehen. So war er wieder bereit, erneut dem TÜV vorgeführt zu werden. Wieder ging es zur Werkstatt mit der Bitte, ihn wieder vorzuführen.

Ein paar Tage später bekam ich die erfreuliche Nachricht, dass der Wagen die TÜV-Plakette erhalten hat. Mir fiel ein Stein vom Herzen. Endlich konnten wir wieder gemeinsam fahren.

Als ich den Wagen aus der Werkstatt abholte, erzählte mir der Werkstattleiter folgende Begebenheit, die er beim TÜV erlebte:

Laut dem TÜV-Bericht wusste der Prüfer, wo er nachsehen musste.

Also nahm er seinen Schraubenzieher, um zu prüfen, ob auch die richtige Blechstärke verwandt worden war.

Das Ergebnis war ein verbogener Schraubenzieher. Durch das vollständige Ausfüllen des Schwellers mit dem Mittel hatte er eine nie dagewesene Stabilität erhalten.

Somit bekamen wir die ersehnte Plakette, was uns noch zwei weitere Jahre gemeinsam fahren ließ. Allerdings wurde mein Käfer aufgrund seiner schon sehr hohen Laufleistung etwas mehr geschont und für den täglichen Weg zur Arbeit stand ja der Audi bereit, der in rund zwei Jahren rund 40.000 km abspulte. Mein Käfer wurde etwas geschont und mit ihm fuhr ich meine Touren am Wochenende.

Die wollte ich mir nicht nehmen lassen.

Mein Käfer hatte ja schon das Alter von 14 Jahren erreicht und stand kurz vor den 180.000 Kilometern!

Hier mit seiner „Schutzhaube" gegen den Insektenschlag und dem berühmten „Peilstab" an der rechten Seite!

Mittlerweile machte mir mein Audi einige Probleme, sodass ich ihn an einen Bastler verkaufte, der gerne ein schnelles Auto haben wollte.

Ihm konnte geholfen werden.

In der Zwischenzeit gab es aber auch ein paar persönliche Veränderungen. Meine Eltern zogen von Düsseldorf nach Brüggen, wo sie ein kleines, eigenes Haus bezogen. Ich musste ebenfalls ausziehen und suchte mir eine Wohnung im Düsseldorfer Süden mit einer schnellen Anbindung zur Autobahn, um einfacher zu meiner doch etwas weiter liegenden Arbeitsstelle zu kommen. Zu dieser Zeit lernte ich auch meine erste Frau kennen.

Somit stand ich wieder vor der Frage nach einem guten fahrbaren Untersatz.

Bei einigen Händlern fand ich einige Modelle, die günstig zu haben waren. Darunter waren zum Beispiel ein Ford Taunus oder ein Opel Ascona. Aber auch einen Fiat 124 bot man mir an. Aber irgendwie passte dies alles nicht.

Mein alter Käfer musste mich nun täglich zur Arbeit begleiten. Er machte dies recht klaglos, aber man merkte ihm auch den Zahn der Zeit deutlich an. Er brauchte ein Mehr an Pflege, aber meine Zeit war knapp bemessen, da auch die Arbeitstage länger wurden. Aufgrund einer sehr guten wirtschaftlichen Lage wurden Sonderschichten an Samstagen eingelegt und die wöchentliche Arbeitszeit um zwei Stunden erhöht, um unsere Kunden noch in überschaubaren Fristen beliefern zu können.

Aber was wurde nun aus meinem fahrbaren Untersatz? Ich fand in einer privaten Anzeige einen Wagen, der meinen Vorstellungen sehr nahe kam.

Ja, die Suche nach einem günstigen und vor allem billigen Untersatz war in jener Zeit nicht gerade einfach.

Dennoch wurde ich recht schnell fündig und fand einen VW 1600 TL, den ich aus einer privaten Hand kaufte. Obwohl er schon elf Jahre alt war, sah er sehr gut gepflegt aus. Auch sein Kilometerstand war für diese Zeit recht niedrig und betrug nur 78.000 KM. Dies entsprach einer jährlichen Fahrleistung von rund 7000 km pro Jahr. Dagegen sprach zunächst nichts! Dieser Wagen hatte eine neue Form, die sich erst später durchsetzen sollte. Er hatte ein sogenanntes Fließheck.

Bis dato kannte man nur rundliche Formen, wie die vom Käfer oder vom Fiat 500, sowie die klassische Form des Stufenhecks oder die Form als Kombi, der meist von Handwerkern gefahren wurde.

Auch die Farbe war kein Hingucker. Der Wagen hatte eine Farbe, die einem Beigeton gleichkam.

Also eher ein Wagen, der optisch nicht gerade eine automobile Schönheit war. Da aber der Preis in Ordnung war, schlug ich zu.

Damit hatte ich einen fahrbaren und günstigen Untersatz für meinen Audi S 90 gefunden.

VW 1600 TL (Fließheck)

Baujahr 1966

54 PS

135 km/h

4 Gang Schaltgetriebe

Innerhalb von 2 Jahren, auch bedingt durch die lange Anfahrt zur Arbeitsstätte, kamen hier in der kurzen Zeit 65.000 KM zusammen.

Nur ab und zu musste mein Käfer einspringen, wenn der Wagen mal in der Werkstatt war, entweder zu einer Inspektion oder einer Vorführung beim TÜV.

So leistete er seinen Dienst zu meiner vollsten Zufriedenheit ab.

Nur im Januar des Jahres 1979 nicht:

Er hatte gerade seine 140.000 KM hinter sich gebracht, da machte der Motor Probleme. Der Motor hatte einen sogenannten Doppelvergaser, der sich nur sehr schwer einstellen ließ. Immer wieder verstellte sich die Einspritzung und der Motor bekam einen unrunden Lauf, was nicht gerade angenehm ist. Verschiedene Besuche in Werkstätten brachten keine Besserung. Der Motor lief immer wieder sehr unrund.

Mein alter Käfer musste immer öfter für ihn einspringen.

Was sollte ich tun?

Ich besorgte mir das passende Buch „Ich helfe mir selbst!" Ich baute beide Vergaser aus, zerlegte sie, erneuerte das ein- und andere Teil und baute die Vergaser wieder zusammen. Dann folgten zahlreiche Probefahrten, da das Einstellen nicht gerade einfach war: Ich machte dies mehr nach dem Gefühl und dem Gehör. Nach zahlreichen Versuchen hatte ich dann wieder einen optimalen Lauf hinbekommen.

Danach konnten wir wieder unserer täglichen Arbeit nachgehen, was er auch in der folgenden Zeit ordentlich tat.

Aber an einem Freitag lief der Motor auf der Heimfahrt wieder sehr unruhig.

Sollte das Dilemma wieder von vorne losgehen?

Noch am Abend ging ich dran, die Einstellung zu überprüfen. Ich wollte den Samstagmorgen noch schnell für eine Probefahrt nutzen, da ich am Nachmittag ein Pokalspiel hatte.

Es wurde unsere letzte Fahrt.

Bei einer zügigen Fahrt auf der Autobahn verabschiedete sich der Motor mit einem lauten Knall. Mit Mühe konnte ich noch eine nahe Abfahrt erreichen und konnte den Wagen auf eine freie Fläche auslaufen lassen.

Dies war natürlich ein harter Schlag ins Kontor.

Aber zum Glück gab es ja noch meinen alten Käfer. Er stand bereit und brachte mich sicher zum Pokalspiel nach Kleve. Wir gewannen mit 3:1 und ich durfte mich auch unter den Torschützen einreihen – als letzter Mann!

Wie sollte es nun weitergehen?

Mein Käfer war alt und den täglichen Strapazen auf Dauer nicht mehr gewachsen. Jetzt galt es genau abzuwägen, was man tun sollte.

Nach einer Woche hatte ich eine Lösung gefunden.

In der Zwischenzeit musste mein alter Käfer die täglichen Fahrten zu meiner Arbeitsstätte übernehmen, was er ja auch klaglos tat. Dennoch gab es noch eine kleine Begebenheit, die mir in Erinnerung geblieben ist.

Ich glaube, es war im Februar des Jahres 1979. Ein eiskalter Tag lag vor uns. In der Nacht hatte es leicht geschneit und die Straßen waren glatt. Der Streudienst der Stadt war noch nicht ausgerückt. Vermutlich kam dieses Wetterphänomen zu überraschend für sie.

Jedenfalls kamen wir mit Mühe und einer kleinen Verspätung im Betrieb an. Manche meiner Kollegen waren noch auf der Anreise und kamen erst Stunden später und total fertig im Betrieb an. Wir machten unsere Arbeit, aber immer mit einem Blick nach draußen.

Erst gegen Abend wurde es besser.

Gegen 18 Uhr machte ich mich dann noch auf, um die Post vom Werk zur Hauptverwaltung zu bringen und um die Post von dort am anderen Morgen mit ins Werk zu nehmen.

Ich hatte noch rund 300 m zu fahren, als ich von der Hauptstraße in eine Seitenstraße abbog und dort auf eine kleine Eisplatte fuhr. Dies war nicht gerade gut, denn mein Käfer brach aus und kollidierte mit einer kleinen Verkehrsinsel.

Es gab einen heftigen Schlag auf die hintere, linke Achse. Ich fuhr meinen Wagen nach rechts an den Straßenrand, stieg aus und schaute nach, ob etwas passiert sei. Auf den ersten Blick konnte ich nichts entdecken. Der Reifen war in Ordnung – ja, selbst die Reifenabdeckung war noch dran. Sonst sah alles wie immer aus. Auch auf den letzten Metern konnte ich nichts Außergewöhnliches bemerken.

Er lief wie immer!

Am anderen Morgen auf dem Weg zum Betrieb hörte ich allerdings bei einer höheren Geschwindigkeit leichte Mahlgeräusche. Sollte er gestern bei dem leichten Ausrutscher doch etwas abbekommen haben? In meiner Mittagspause schaute ich noch einmal gründlicher nach. Ein kleiner, frischer Ölfleck ließ mich unruhig werden.

Ich schaute mir beide Seiten genau an. Dabei fiel mir auf, dass das Rad links etwas anders stand.

Was hat sich hier getan?

Um nicht noch mehr Öl zu verlieren, dichtete ich zunächst die Stelle, wo das Öl austrat, mit einem speziellen, streichbaren Mittel ab, welches ich immer in meiner mitgeführten Werkzeugtasche hatte. Noch zwei Tage musste mein Käfer durchhalten, dann war Wochenende. Diese zwei Tage schafften wir dann auch noch.

An dem Wochenende führte mein Weg zunächst zu einem Händler, mit dem ich in Kontakt stand und mir einen Wagen offeriert hatte, der nun bei ihm in der Werkstatt stand. Ich fuhr hin und schaute mir das Objekt an.

Es war ein gelbes Auto, ein Audi L 60. Er sah aus wie mein alter Audi S 90 und war sehr gepflegt und auch seine Laufleistung war noch in einem akzeptablen Rahmen, obwohl er auch schon über acht Jahre alt war. Die Maschine lief ruhig und auch über den Preis wurden wir uns einig. Allerdings sollte er noch zum TÜV hin, was in der folgenden Woche geschehen sollte.

Damit hatte ich eine Lösung gefunden!

Audi L 60

55 PS

137 km/h

1.5 L Motor

Wieder zu Hause kümmerte ich mich um das Problem an meinem Käfer. Irgendetwas hatte sich an der Achse leicht verschoben. Durch zahlreiche Vergleiche mit der rechten und linken Achse stellte ich einen Unterschied zwischen links und rechts fest. Die Achse wurde demontiert und neu ausgemessen, dann wieder sauber montiert. Neues Öl wurde wieder eingefüllt und somit konnte ich dann am Nachmittag auf einer ausgiebigen Probefahrt testen, dass alles wieder im Lot war:

Damit stand einer Weiterfahrt mit meinem Käfer in den nächsten Tagen nichts mehr im Wege.

Wir erreichten den Kilometerstand von 181.000 KM. Eine Woche später standen dann schon 181.500 Km auf dem Tacho. Damit hatte mein Käfer schon eine für damalige Verhältnisse hervorragende Laufleistung erzielt!

Aber neue persönliche Umstände sowie eine neue, totale berufliche Veränderung zwangen mich leider, der Realität ins Auge zu schauen, und für die neue berufliche Ausrichtung war mein geliebter Käfer schon einfach zu alt.

Gleichzeitig kam noch hinzu, dass ich keine Unterstellmöglichkeit für meinen Käfer hatte, da meine Eltern ihr Domizil ebenfalls verlegten, wo er ja jetzt stehen sollte. Für die ersten vier Monate war der dortige Stellplatz noch gesichert, aber danach?

Diese Frage stand auch noch im Raume.

Hier kam er noch einmal zu seinem ersten Besitzer (meinem Vater) zurück.

An dem fehlenden Nummernschild kann man sehen das er abgemeldet war.

In der Zwischenzeit hatte ich meinen neuen Untersatz mit frischem TÜV erhalten und damit war ich nun unterwegs.

So fuhr ich innerhalb von knapp zwei Jahren bei der Ausübung meiner neuen Tätigkeit rund 80.000 KM mit dem Audi. Die er ohne große Probleme abspulte.

Ein halbes Jahr später hatte ich jemanden gefunden, der sich für meinen alten Käfer interessierte und ihn zu einem „Youngtimer", wie man dies heute nennt, machen wollte..

Damit trennten sich unsere Wege nach acht gemeinsamen Jahren und insgesamt knapp 17 Jahren in unserer Familie.

Ein bisschen Wehmut klingt noch nach, auch jetzt, wo meine automobile Zukunft langsam zu Ende geht, aber nach 1,5 Millionen Kilometern kann man froh sein, dass man die automobilen Ausfälle von heute auf unseren Straßen nicht mehr täglich erleben muss.

Was aus meinem Käfer geworden ist, das weiß ich nicht mehr. Vielleicht ist es auch gut, dass ich es nicht weiß.

So bleibt mir nur die Erinnerung an eine gute und tolle Zeit mit meinem Käfer.

Wir haben viel mit ihm erlebt, er hat uns getreu seinem Werbespruch:

...und er läuft...läuft... und läuft

über all die Jahre begleitet.

Aber auch an meine zahlreichen Erfahrungen die ich in den verschiedensten Verkehrssituationen mit ihm machen konnte und **dass der Käfer Automobilgeschichte geschrieben hat und wir ein Teil davon waren!**

Ende

Das Autoren-Team
Fritz-Stefan und Manuela Vatner

Nach unserer Hochzeit im Jahre 2011 haben wir 2012 unseren gemeinsamen Neuanfang hier im Norden begonnen.

Unser gemeinsames Glück fanden wir in der friesischen Gemeinde Zetel.

Neben vielen anderen Gemeinsamkeiten ist das Schreiben und Gestalten von Büchern zu einem Hobby von uns geworden.

Mittlerweile haben wir zwanzig, zum Teil auch sehr persönliche Bücher, gemeinsam herausgebracht.

Zahlreiche Zeichnungen stammen dabei aus unseren Federn, wie auch viele Fotos, die wir auf unseren Fahrten hier im Norden „schießen" konnten.

Zu unseren weiteren Hobbys gehört auch das Töpfern, das Arbeiten mit Knetbeton, das Malen mit Acryl - Farben und vieles mehr.

Bisher sind folgende Bücher von Fritz-Stefan Valtner erschienen:

2009
Das Leben und Wirken des
Strohwitwers Fritz
ISBN: 978 3941 759070

2010
Plötzlich allein... wie soll ich Leben
ohne Dich?
ISBN: 978 3939 241058

Sex kann so schön sein... man muss
ihn nur haben!
ISBN: 978 3939 241010

2011
Kolvensbachs Pitter... und sein
leidvoller Ehealltag.
ISBN: 978 3939 241669

2013
Mein Name ist Jacey... die Hauskatze
ISBN: 978 3944 028224

2015

Rusty packt aus... die Welt aus Katzenaugen
ISBN: 978 3981 1709223

2017

Kommissar a. D. Klaus Schöne
Aktenzeichen 2609
Ein ungeklärter Mord auf Baltrum
ISB: 978 3741 288135

Das Leben des Peter Bork
ISBN: 978 3744 829366

Liebe zwischen Lee und LUV
ISBN: 978 3744 830607

Plötzlich allein... aber das Leben geht weiter!
ISBN: 978 3746 034393

Kommissar a. D. Klaus Schöne
Aktenzeichen 1510
Leichenfund in einer Friedeburger Kiesgrube
ISBN: 978 3741 281082

2018

Gamaschen Fynn... ein Kater erzählt
ISBN: 978 3748 151944

2019

Kommissar a. D. Klaus Schöne
Aktenzeichen 1017
In der Tiefe des Moores
ISBN: 978 3749 421503

Burn out … der lange Weg in die Krise
ISBN: 978 3749 429660

Sommertraum(a
ISBN: 978 3743 159473

Moritz... der kleine Filou
ISBN: 978 3749 497911

2020

Verlorene Jahre
ISBN: 978 3751 989596

Kommissar a. D. Klaus Schöne
Aktenzeichen 1119
Aphrodite
ISBN: 978 3752 610803

Die Stammtischrunde „Lütte Jungs"
Teil 1
ISBN: 978 3752 609929

2021
Kommissar a. D. Klaus Schöne
Aktenzeichen 1021
Das Schweigen
ISBN: 978 3754 352427

Der Spieler
ISBN: 978 3754 352328

Die Stammtischrunde „Lütte Jungs"
Teil 2
ISBN: 978 3754 352113

2022
Kommissar a. D. Klaus Schöne
Aktenzeichen 1020
Marie van de Ark
ISBN: 978 3754 322765

Kommissar a. D. Klaus Schöne
Aktenzeichen 1120
Ein stiller Helfer
ISBN: 978 3754 322700

Der Strohwitwer Fritz
… der Irrsinn geht weiter
ISBN: 978 3754 324646

Kommissar a. D, Klaus Schöne
Aktenzeichen 0522
Spurlos verschwunden
ISBN: 978 3756 842216

Die Stammtischrunde „Lütte Jungs"
Teil 3 – 6
ISBN: 978 3756 843558

2023
Kommissar a. D. Klaus Schöne
Aktenzeichen 0522
Der Zeuge
ISBN: 978 3758 309131

2024

Mein Käfer und ich
ISBN:

In Vorbereitung

Die Stammtischrunde „Lütte Jungs"
...es geht wieder weiter!
ISBN:

Kommissar a. D. Klaus Schöne
Aktenzeichen
Rache
ISBN:

Weitere Texte finden sie in den
nachstehenden Anthologien
2010 - 2013:

Deutsche Literaturgesellschaft
- **Gedichte, die die Zeit überstehen -**
- Erinnerungen
- Liebe
- Weihnachten

August von Goethe-Verlag
- **Glücklich allein ist die Seele, die lebt -**
- Der Hochzeitstag
- Mein geliebter Schatz
- Wehmut

Zwiebelzwerg-Verlag
- **Keinen Augenblick mehr mit dir -**
- Der Talisman
- Mein geliebter Schatz II